DINER

DU 28 MARS 1892

DINER

OFFERT A M. JOUAUST, ÉDITEUR

LE 28 MARS 1892

PAR SES COLLABORATEURS

ARTISTIQUES ET LITTÉRAIRES

ET

PAR UN GROUPE DE BIBLIOPHILES

SOUVENIR

OFFERT A

M. Jules SIMON

TIRÉ A CENT EXEMPLAIRES

DINER

OFFERT A M. JOUAUST, ÉDITEUR

LE 28 MARS 1892

HOMMES de lettres, artistes, bibliophiles, étaient réunis en grand nombre, le 28 mars dernier, chez Marguery. Ils y avaient été convoqués pour apporter, en un cordial banquet, l'hommage de leur affectueuse sympathie à M. D. Jouaust, l'habile éditeur qui, pendant trente ans, a été l'intermédiaire entre eux tous, ceux qui font les livres, ceux qui les embellissent par les grâces de leur crayon ou de leur burin, ceux enfin qui les aiment, et les placent, comme de précieux bijoux, dans les écrins de leurs bibliothèques.

Il s'agissait de saluer, de fêter cette ancre marine, emblème de la maison Jouaust, symbole des éditions de luxe, et sa fière devise, Occupa portum, trop tôt justifiée, hélas! puisque maintenant l'ancre ne sera plus levée, et que le nautonier a renoncé à quitter le port, estimant sa tâche accomplie et ne voulant plus exposer aux flots incertains le navire qu'il a si bien conduit.

L'assistance était nombreuse, ai-je dit. Elle l'eût été bien plus encore, n'était l'inévitable déception des malaises qu'engendre toujours l'hiver expirant, et de ces rhumes maudits qui, comme à dessein, semblent surtout s'en prendre aux amis les meilleurs, à ceux dont on était le plus sûr.

Nommons d'abord les présents. L'un des premiers arrivés, — et, hélas! le premier parti, — a été M. Francisque Sarcey, qui dès l'abord avait promis son adhésion en ces termes :

Il va sans dire que j'en suis. Vous pouvez compter sur moi. Au cas même où je serais pris par une première, je viendrais vous serrer la main et apporter ma cotisation.

On sait combien l'éminent critique est soucieux de son devoir professionnel, et comme, en cette saison, il est souvent appelé à le remplir. Ce soir-là, précisément, la Comédie-Française le réclamait, si bien qu'à peine au milieu de nous, il dut nous quitter, à notre grand regret.

Voici, d'ailleurs, la liste des convives par ordre alphabétique :

MM. E. Abot, Émile Adan, G. Bengesco, F. Bournon, Chalvet, Chardon, Bon de Claye, Dammann, Em. Déborde de Montcorin, Ferroud, Antoine Girard, Alex. Huré, Jeannin, Émile Jouaust, Lafenestre, Marc Laffont, Lalauze, Léon Lemaire, Lips, Mareuse, Mariani, de Montaiglon, Auguste Moreau, Jules Petit, Édouard Poinsot (G. d'Heylli), Saint-Prix, F. Sarcey, Wittmann.

On comprendra que nous ne reproduisions pas ici les lettres des amis souffrants ou empêchés au dernier moment, des bibliophiles de province, tous exprimant, dans les termes les plus chaleureux, leur regret de ne pouvoir se joindre aux amis et aux admirateurs de Jouaust : il faut choisir dans le dossier de ces sincères et sympathiques doléances, et le mieux sera de citer trois lettres qui ont un caractère officiel en quelque sorte, car elles émanent de trois membres de l'Académie française, MM. Jules Simon, Alexandre Dumas, Ludovic Halévy :

Je serais allé avec grand plaisir au banquet de Jouaust, dont j'apprécie hautement les grands services, et avec lequel je suis personnellement en excellentes relations; mais je ne sors plus le soir que dans les cas de la plus plus absolue nécessité, et je suis réduit à vous envoyer l'expression de mes regrets.

JULES SIMON.

Tous mes regrets, Monsieur, de ne pouvoir prendre part au banquet offert à M. Jouaust. Personne n'eût été plus heureux que moi de boire à sa santé et de lui serrer la main; mais ma santé m'a forcé de passer tout l'hiver à la campagne, et ces sortes de réunions, si agréables qu'elles soient, et surtout parce qu'elles sont agréables, me sont absolument interdites.

Voulez-vous offrir mes sincères souvenirs à M. Jouaust et agréer l'assurance de mes sentiments les plus dévoués.

ALEXANDRE DUMAS.

Monsieur, personne ne peut apprécier plus que moi les grands services rendus par M. Jouaust aux lettres françaises, et je regrette bien vivement que l'état de ma santé ne me permette pas de répondre à votre aimable appel.

Veuillez agréer, Monsieur, l'expression de mes meilleurs sentiments.

LUDOVIC HALÉVY.

M. Jules Claretie, retenu au dernier moment, avait envoyé son toast, qui par suite d'une fausse direction, n'est pas arrivé à temps pour être lu aux convives. C'est une raison de plus de le donner ici.

MON CHER AMI,

Je vous ai dit tous mes regrets. Je ne pourrai assister à ce banquet et me joindre à ceux qui vous donneront, avec le salut d'*adieu*, le souhait *au revoir*. Mais je serai auprès de vous en pensée, et le télégraphe est fait pour porter, en pareil cas, la cordiale parole des absents. Tout à vous de cœur donc, mon cher Jouaust, et laissez-moi joindre mon toast écrit aux toasts parlés de vos hôtes : Au bon éditeur dont on relit et relie les livres!

J'ouvre votre exquis volume des *Lettres Persanes*, c'est encore être avec vous et vous fêter.

Votre affectionné,

JULES CLARETIE.

Une place marquée à cette réunion était aussi celle de M. Flammarion, qui a pris la suite de la

Librairie des Bibliophiles. Malheureusement l'invitation à lui adressée lui est arrivée trop tard, et il s'est excusé par une lettre que nous croyons devoir reproduire, parce que nous savons qu'elle est l'expression générale des sentiments professés à l'égard de M. Jouaust par tous ses confrères :

Je suis vraiment désolé de recevoir ce soir seulement l'avis du banquet offert à M. Jouaust. J'aurais été très heureux et très honoré de lui présenter mes compliments à cette occasion. Malheureusement une réunion de famille, à laquelle il m'est impossible de me soustraire, me prive de ce plaisir.

Je vous serai très obligé, Monsieur, d'être mon interprète auprès du grand éditeur qui nous quitte pour lui témoigner toute mon admiration des belles publications dont je suis fier d'être actuellement le dépositaire, et le continuateur autant que cela me sera possible.

Les éditions de la Librairie des Bibliophiles seront la gloire de ce siècle, et le nom de Jouaust a sa place marquée à la suite des Estienne et des Didot, qui ont élevé à un si haut point la typographie française.

M. Templier, président du Cercle de la Librairie, retenu chez lui par une indisposition, avait aussi témoigné son vif regret de ne pouvoir être des nôtres, et pour donner à M. Jouaust, au nom de tous les membres de la corporation qu'il représente, une marque non équivoque de leur estime, il s'est empressé, aussitôt après la réunion, d'adresser la lettre suivante à M. Mareuse, l'un des commissaires du banquet.

MONSIEUR,

Je désirerais avoir pour le *Journal de la Librairie* un compte rendu du dîner qui vient d'être offert à M. Jouaust. J'ai pensé que vous seriez sans doute, mieux que personne, en mesure de me fournir ce document : c'est pourquoi je prends la liberté de vous adresser ma demande, et je vous serai reconnaissant si vous pouvez me procurer les éléments d'une note qui serait à la fois intéressante pour nos confrères et agréable à M. Jouaust.

Veuillez agréer, Monsieur, l'assurance de mes sentiments distingués.

⌘

Du repas, il n'y a rien à dire, sinon qu'il a réalisé toutes les promesses d'un menu élégamment imprimé par Chamerot et encadré dans une gracieuse eau-forte de Lalauze. Est-il besoin d'ajouter que la meilleure cordialité n'a pas tardé à s'établir entre ceux qu'un même sentiment avait réunis?

L'explosion d'une bombe, — oh! fort pacifiquement baptisée du nom d'Henri Estienne, — a été le signal des toasts, qui étaient le véritable objet de la réunion.

M. Bengesco, ministre plénipotentiaire de Roumanie à Bruxelles, était venu tout exprès à Paris pour assister à la réunion. Le savant bibliographe de Voltaire a pris le premier la parole :

Vous avez pensé, Messieurs, qu'il ne convenait point de laisser un homme de la valeur de M. Jouaust abandonner définitivement une profession, — que dis-je? un art, — qu'il a honoré toute sa vie, sans que la grande famille des lettres, qui lui a tant d'obligations, ne lui donnât publiquement un dernier témoignage d'estime et de considération.

Le grand nombre de littérateurs et d'artistes réunis pour prendre part à ce banquet est une preuve éclatante des regrets unanimes que celui qui a présidé avec tant d'éclat aux destinées de la *Librairie des Bibliophiles* laisse aujourd'hui derrière lui, ainsi que des chaudes et cordiales sympathies qu'il a su se créer parmi l'élite des lettrés contemporains.

Je crois donc être le fidèle interprète de vos sentiments à tous en vous priant de vouloir bien vous associer au toast que j'ai l'honneur de porter à M. Jouaust, en qui nous sommes heureux de saluer toute une vie de travail, de droiture et de loyauté, consacrée à ce noble art de la typographie, dans lequel se sont illustrés avant lui, — pour ne parler que des imprimeurs français, — les Estienne, les Tory, les Cramoisy, les Crapelet, les Didot.

D'autres, — beaucoup plus compétents que moi, — ont dit et diront encore quels progrès M. Jouaust a fait faire à cet art et comment il l'a porté à un degré de perfection incomparable. Pour moi, Messieurs, qui ai eu la bonne fortune d'avoir eu notre éminent convive pour imprimeur, pour éditeur, pour collaborateur et pour ami, je ne puis que lui apporter ici, au nom des lettres françaises, qui ont été la passion et le culte de toute ma vie, l'hommage bien sincère de mon admiration et de mon affectueux attachement. Et pour ne pas être taxé de partialité par ceux qui n'ont pas eu l'avantage de connaître de près notre ami, je vous demande la permission d'emprunter à l'un de vos confrères de la presse parisienne, M. Hippolyte Fournier, les quelques lignes suivantes, qui résument avec précision, justesse et éloquence, l'œuvre et la vie même de Jouaust :

« Une figure bien sympathique, bien parisienne et « bien contemporaine, que ce parfait galant homme dont, « pendant de longues années, les écrivains, les artistes, « les amateurs de beaux livres, ont pu apprécier les ma-« nières courtoises, l'affabilité charmante, la féconde et « intelligente initiative... Nous avons tous gardé le sou-« venir des relations cordiales, de l'amabilité sincère et « du respect de la personnalité d'autrui à l'aide desquels « le célèbre éditeur s'était acquis la sympathie de tous « les artistes et de tous les écrivains, qui professent pour « l'honorabilité de son caractère une aussi haute estime

« qu'ils éprouvaient d'attrait pour la finesse de son esprit.

« La littérature et l'art contemporains doivent beau-
« coup à Jouaust. Avec un zèle infatigable, et parfois
« avec un désintéressement rare, l'éditeur a aidé puis-
« samment au développement du goût des bibliophiles.
« Il a fait revivre le beau temps des éditions de luxe, et
« quantité des ouvrages sortis de sa maison peuvent
« marcher de pair avec les plus jolies éditions des siècles
« passés, alors qu'Eisen illustrait pour la joie des yeux
« des raffinés de lettres *les Baisers* de Dorat.

« Grâce à Jouaust, l'eau-forte a régné en souveraine
« hors texte et jusque dans le texte elzevirien de ces édi-
« tions sans rivales qui portent comme un titre de no-
« blesse le nom de leur créateur.

« A l'énergie du travailleur Jouaust a joint toutes les
« délicatesses de goût d'un véritable artiste.

« Dans les avant-propos qu'il a fréquemment écrits, il
« s'est montré écrivain de valeur; dans les notes dont il
« a enrichi tant de ses volumes, il s'est affirmé érudit sé-
« rieux. Quant à la perfection typographique de ses
« collections, elle est devenue légendaire.

« C'est donc tout à la fois le lettré, le savant conscien-
« cieux, l'habile metteur en scène des chefs-d'œuvre an-
« ciens et modernes, et aussi l'homme affable et distin-
« gué qui a su se faire tant d'amis, que nous avons voulu
« saluer au moment où, après avoir tenu une si large
« place dans le monde des lettres, il va se reposer, en-
« touré de la considération générale, à laquelle lui
« donne droit une vie toute d'honorabilité et de fécond
« labeur. »

Qu'ajouter, Messieurs, à cet éloge si vrai, si simple, si complet, de l'homme si distingué entre tous que nous fêtons aujourd'hui?

Faut-il vous rappeler toute la série des éditions entreprises par M. Jouaust pour la plus grande gloire des maîtres de la littérature française et étrangère, pour le plus grand agrément de notre esprit, pour la plus grande joie de nos yeux? Faut-il vous citer cette admirable PETITE BIBLIOTHÈQUE ARTISTIQUE, les *Cent Nouvelles nouvelles*, *Robinson Crusoé*, *le Diable boîteux*, les *Confessions* de Rousseau, les *Romans* de Voltaire, et *Don Quichotte*, et *Werther*, et *le Vicaire de Wakefield*, et tous les autres chefs-d'œuvre que l'illustre maître imprimeur a réédités avec tant de science et de goût, et dont les merveilleux dessins de Lalauze, de Mouilleron, de Hédouin, de Laguillermie, de Los Rios, ont rehaussé encore la valeur et l'éclat artistiques? Vous parlerai-je des *Fables* de La Fontaine (des douze peintres); de l'*Imitation de Jésus-Christ*, avec les dessins de Henri Lévy; du *Théâtre* de Molière, avec les superbes estampes de Louis Leloir; de *Faust*, magnifiquement illustré par Jean-Paul Laurens?

Et la BIBLIOTHÈQUE ARTISTIQUE MODERNE avec *le Roi des Montagnes*, *le Capitaine Fracasse*, *Jocelyn*, le *Théâtre* de Musset, et la BIBLIOTHÈQUE DES DAMES, et la COLLECTION BIJOU, et les PETITS CHEFS-D'ŒUVRE, et enfin cette NOUVELLE BIBLIOTHÈQUE CLASSIQUE DES ÉDITIONS JOUAUST, qui comprend les chefs-d'œuvre des écrivains français du XVe au XVIIIe siècle, et qui commence avec la *Satyre Ménippée* et avec Régnier, pour finir avec Voltaire et avec André Chénier?

C'est dans ces éditions, dont l'œil exercé du maître a scrupuleusement revu chaque ligne, et qui, par la pureté du texte aussi bien que par le format, par le papier, par le caractère, par l'illustration, défient toute critique, qu'on relira désormais les chefs-d'œuvre des grands écrivains français et étrangers; et le nom de Jouaust deviendra ainsi inséparable de celui de tous les auteurs célèbres dont il a réimprimé si admirablement les immortels écrits.

Aussi, Messieurs, comme bibliographe, comme bibliophile, comme ami de votre grand et noble pays, qui m'a offert pendant de longues années une si douce hospitalité, me fais-je un agréable devoir de lever mon verre en l'honneur de M. Jouaust, en le remerciant du fond du cœur des jouissances exquises qu'il a su procurer aux bibliophiles de tous les pays, et en exprimant le regret qu'il ait songé si prématurément à une retraite, au sein de laquelle il peut d'ailleurs se reposer avec orgueil, après avoir bien mérité des lettres, des arts, de l'érudition et du goût français.

Un bibliophile de Saint-Quentin, M. Abel Patoux, avait eu l'aimable attention d'envoyer l'allocution suivante, qu'a bien voulu lire M. Lugné-Poé :

Messieurs,

Amateurs et faiseurs de livres, nous sommes tous en deuil et ne pouvons nous consoler du départ de

M. Jouaust. — Nous avions si bien pris, et depuis de si longues années, la douce habitude de sa loyale collaboration, de son goût sûr et éprouvé, de son initiative intelligente, habile à rechercher et à découvrir, à mettre au jour des œuvres exquises, rendues plus aimables et plus exquises encore par cette parure charmante de la forme, qui prête au livre des grâces nouvelles et lui refait une sorte de virginité plus piquante parfois et plus séduisante que celle même de l'œuvre, de la pensée fraîchement éclose! Pourquoi s'en va-t-il, pourquoi nous abandonne-t-il, lui, l'ouvrier de la première heure, le savant et l'artiste? pourquoi s'en va-t-il les mains encore pleines de promesses, sans souci de nos regrets, de nos espérances si cruellement trompées et des lendemains désolés qu'il nous prépare? Il nous dira sans doute qu'il a ses raisons et qu'elles sont bonnes; que le public même, et surtout celui des amateurs, est capricieux et changeant; que le public était fatigué du bien et du beau; mais que lui, fidèle à son idéal, dédaigneux des nouveautés et des étrangetés, n'avait plus qu'à se retirer dans sa tour d'ivoire.

Eh bien! non, ces raisons ne sont pas bonnes, et nous refusons de nous laisser convaincre. Que nous importent les caprices de modes éphémères, les infidélités passagères, les hésitations, les défections même? Vous avez été le premier en date, vous êtes resté le premier pour le talent, et, quand on s'appelle Jouaust, on peut attendre patiemment les retours de la fortune et du goût.

N'essayez donc pas de vous justifier et de prétendre que votre retraite était nécessaire; il n'y a de nécessaire que les beaux livres et ceux qui, comme vous, savent les faire. Et si quelque chose peut vous faire pardonner ceux que vous ne ferez pas, ce sont bien ceux que vous avez faits. — Tous sont robustes, sains, bien portants, comme il convient aux enfants légitimes d'un honnête et brave imprimeur, soucieux de sa lignée; mais combien sont, plus et mieux que cela, faits pour tourner les têtes et faire battre les cœurs des bibliophiles d'aujourd'hui et de demain! Vous pouvez en être fier. Ceux-là assurent votre gloire et le culte que vous garderont tous les esprits cultivés, tous les amoureux du livre. Vous êtes de la grande race des maîtres imprimeurs, et, si quelque chose peut nous consoler de votre retraite prématurée, c'est la pensée que longtemps encore vous jouirez de votre grand renom et que vous penserez quelquefois que nous vous avons beaucoup aimé.

Un jeune poète, M. Emmanuel Déborde de Montcorin, ancien élève, comme M. Lugné-Poé, du lycée Condorcet, où M. Jouaust a fait toutes ses études, a exprimé à son aîné, dans ces strophes charmantes, ses sentiments d'affectueuse camaraderie :

A Monsieur Damase Jouaust.

Le siècle est, dit-on, trop frivole,
Et beaucoup maudissent le sort
Parce que dans sa course folle
Il donne au luxe un libre essor.

C'est bien là notre grand malaise,
Convenons-en ; — mais, après tout,
Le luxe n'a rien qui déplaise
Quand il est frère du bon goût.

Fraternité rare peut-être
Chez ceux qui visent à l'éclat,
Mais que vous pratiquez, ô maître,
En votre art noble et délicat.

Comme elle fait vivre et revivre
Nos écrivains jeunes ou vieux,
Cette puissance du beau livre
Charmant la pensée et les yeux !

Tel poète qu'on aime à lire
Tomberait vite dans l'oubli
Si vous ne façonniez sa lyre :
C'est grâce à vous qu'on le relit.

Par vous il a le don de plaire,
Don précieux qui lui manquait.
L'œuvre paraît d'autant plus claire
Que le volume est plus coquet.

Avec des ressources pareilles
Le succès est presque assuré,
Et l'auteur par tant de merveilles
Se sent parfois transfiguré.

Viendra-t-il gémir qu'on le vole,
N'étant plus auteur... qu'à demi?
Non, de bon cœur il se console,
Car l'éditeur est un ami.

Si je voulais, mon camarade,
— C'est un titre dont je suis fier, —
Rappeler ici sans parade
Un souvenir qui m'est bien cher,

A l'heure où l'ami se retire
Après un digne et sain labeur,
Je dirais, — ce n'est pas peu dire, —
Que l'homme en vous vaut l'éditeur,

Et que, si partout on estime
Un nom fait d'honneur le plus pur,
Tous nous gardons la joie intime
De votre accueil aimable et sûr...

Mais, très sobre dans mes images,
J'ose à peine, et non sans émoi,
Mêler à d'illustres hommages
Celui d'un humble comme moi.

ЭЖС

M. Lalauze, l'aquafortiste aimé des bibliophiles s'est ensuite adressé en ces termes à l'éditeur devenu son ami :

Mon cher Monsieur Jouaust,

Je ne dirai point quel éditeur de goût et quel imprimeur de race vous avez été. — Vos amis le savent, et vos ennemis n'aiment pas à l'entendre.

Mais je vous dois un témoignage public pour nos loyales relations; je dois dire votre courtoisie et votre droiture, qui m'ont fait oublier qu'il y avait entre nous une chose qui porte un vilain nom : l'intérêt.

Je suis heureux de vous apporter ce témoignage, à vous qui avez eu le courage de me présenter inconnu aux bibliophiles, de les habituer à mon nom; vous que j'ai toujours trouvé à mes côtés au moment des défaillances, vous qui continuez encore d'une manière si délicate ce rôle de providence vivante, si bien que, comme une bienfaisante fée, l'amitié s'est discrètement glissée entre nous.

Je savais bien que le vieil adage avait tort et que l'éditeur n'est pas l'ennemi.

Buvons donc à cette nouvelle amitié; puisse-t-elle nous faire oublier, à vous les rigueurs d'une détermination pénible, à moi les plaisirs à jamais perdus d'une glorieuse collaboration!

M. Jouaust s'est alors levé. D'une voix chaleureuse, et avec la confiance que lui donnaient toutes les sympathies dont il se sentait entouré, il s'est exprimé ainsi :

MESSIEURS,

Je suis véritablement confus des aimables choses que je viens d'entendre, tant en prose qu'en vers, et c'est à peine si j'ose me lever pour y répondre par quelques mots. Car ce ne seront bien que quelques mots, et vous n'êtes pas menacés d'un discours. Je ne suis pas orateur, et je n'ai rien écrit.

Je veux seulement, après avoir remercié comme ils le méritent des amis qui viennent de me traiter beaucoup mieux que je ne le méritais, vous dire que j'ai été vivement touché de la pensée qui a présidé à l'organisation de ce dîner, où je regrette l'absence d'un certain nombre des plus anciens et des plus affectionnés collaborateurs de la maison; malheureusement ils sont, pour la plupart, retenus loin de nous par le mauvais état de leur santé ou de la santé des leurs.

Je veux aussi profiter de ce que nous sommes ici entre amis, je dirai presque en famille, pour vous exprimer le grand regret que j'ai eu de quitter cette belle profession d'éditeur qui a fait l'honneur et le bonheur de ma vie, et que mes collaborateurs m'ont rendue si agréable et si facile.

Et par collaborateurs je n'entends pas seulement les écrivains et les artistes qui m'ont apporté le concours de leur plume, de leur crayon, de leur pointe; j'entends aussi les journalistes, qui m'ont été d'un si puissant secours en portant constamment mes éditions à la connaissance du public, et qui l'ont toujours fait avec autant de soin que de bienveillance. J'entends encore les bibliophiles, dont la fidélité a contribué à la prospérité de la maison que j'avais placée sous l'invocation de leur nom.

Je ne dois pas non plus oublier parmi mes collaborateurs mes employés et mes ouvriers, représentés ici par le plus ancien d'entre eux, qui a dans la maison soixante années de services. Il y était donc bien avant moi, et il m'a eu sous sa direction avant que je l'eusse sous la mienne. J'espère qu'il n'aura pas été mécontent de son élève. Quant à moi, j'ai gardé et garderai toujours le meilleur souvenir de mon professeur.

D'ailleurs, Messieurs, en quittant le métier des livres, je n'entends nullement renoncer aux précieuses amitiés que je m'y suis créées. Nous avons tous ici les mêmes goûts, les mêmes tendances : il y a donc bien des chances pour que nous nous rencontrions souvent sur le même terrain.

Cicéron a donné de l'amitié une définition qui m'est souvent revenue à la mémoire, et que j'ai toujours trouvée aussi juste que charmante : *Eadem velle, eadem nolle, ea demum firma amicitia est.* — Vous voudrez bien excuser cette citation chez un homme qui a été dès sa jeunesse passionné pour les études latines, si maladroitement persécutées aujourd'hui, et qui a achevé de se pervertir dans une fréquentation assidue du bon Jules Janin. D'ailleurs, je traduis :

« Vouloir les mêmes choses, repousser les mêmes choses, voilà le vrai fondement de l'amitié. »

Il me semble, Messieurs, que ces quelques mots caractérisent admirablement la nature des rapports qui se sont établis entre nous. Aussi me trouvé-je fondé à espérer qu'autant j'aurai perdu de collaborateurs, autant je retrouverai d'amis.

Je bois au maintien de nos amicales relations.

Après ces éloquentes paroles, plusieurs fois interrompues par les applaudissements, M. Petit, employé de la maison Jouaust depuis 1832, a porté le toast suivant au patron qu'il avait connu enfant :

Au nom de mes collègues, que je représente ici, je porte un toast à M. Jouaust, que j'ai vu naître, et que j'ai eu l'honneur d'initier aux premières notions de l'art typographique. L'élève, je le reconnais, n'a pas tardé à dépasser le professeur.

Je bois donc à la santé de M. Jouaust, à sa félicité aujourd'hui!

Nous avons encore, pour ne rien omettre, à citer un toast-acrostiche qu'on a remis à M. Jouaust de la part d'un *collaborateur anonyme* :

TOAST-ACROSTICHE

Jouaust, ami Jouaust, quelle fin regrettable !
Oui, vous êtes encore un vaillant imprimeur,
Un artiste éditeur, mérite incontestable ;
Aussi, nous tous ici, non sans un peu d'humeur,
Unis en entendant la retraite qui sonne,
Saluons tout ce qui brille en votre personne :
Talent, bon goût, savoir, honorabilité.
A votre santé !

⁂

Lorsqu'on s'est levé de table, M. Jouaust a chaudement remercié les organisateurs du dîner : M. Mareuse, élève comme lui du lycée Condorcet, et dont le zèle infatigable est toujours au service de ses camarades ; — M. Lalauze, le graveur intime de la Librairie des Bibliophiles, — et celui à qui est échu l'honneur de faire le compte rendu de cette réunion.

M. Jouaust a aussi émis le vœu que le souvenir du dîner qui lui était offert fût consacré par un banquet annuel qui réunirait les amis de la Librairie des Bibliophiles, et en général toutes les personnes qui s'intéressent à la cause des beaux livres.

La soirée s'est terminée gaiement et littérairement par une double conférence de Grenet-Dancourt, dite par MM. Auguste Moreau et Lugné-Poé. Ce dernier a aussi récité, avec le talent qui lui a valu son prix au Conservatoire, des scènes de *l'Avare* et du *Misanthrope*. La fête, en effet, n'eût pas été complète si l'on n'y avait associé le culte de Molière et l'hommage rendu à celui qui en a donné, de nos jours, tant et de si remarquables éditions.

FERNAND BOURNON.

A PARIS

DES PRESSES DE D. JOUAUST

AVRIL M DCCC XCII

www.ingramcontent.com/pod-product-compliance
Ingram Content Group UK Ltd.
Pitfield, Milton Keynes, MK11 3LW, UK
UKHW012127240726
13965UKWH00005B/2010

9 782013 052825